我也叫萨朗波

虹影 著

四川文艺出版社

图书在版编目（CIP）数据

我也叫萨朗波／（英）虹影著 . —成都：四川文艺
出版社，2017.9

ISBN 978-7-5411-4781-4

Ⅰ．①我… Ⅱ．①虹… Ⅲ．①诗集—英国—现代
Ⅳ．① I561.25

中国版本图书馆 CIP 数据核字（2017）第 203520 号

WO YEJIAO SALANGBO

我也叫萨朗波

［英］虹影 著

责任编辑	孙学良
英文翻译	Mabel Lee
图片摄影	虹 影
封面设计	梁 霞
内文设计	史小燕
责任校对	蓝 海
责任印制	唐 茵

出版发行	四川文艺出版社（成都市槐树街 2 号）
网 址	www.scwys.com
电 话	028-86259287（发行部）　028-86259303（编辑部）
传 真	028-86259306

邮购地址	成都市槐树街 2 号四川文艺出版社邮购部　610031
排 版	四川胜翔数码印务设计有限公司
印 刷	成都东江印务有限公司
成品尺寸	140mm×203mm　1/32
印 张	7.75　　　　　字　数　160 千
版 次	2017 年 10 月第一版　印　次　2017 年 10 月第一次印刷
书 号	ISBN 978-7-5411-4781-4
定 价	38.00 元

我夜间躺卧在床上，寻找我心所爱的；我寻找他，却寻不见。

我的佳偶在女子中，好像百合花在荆棘内。

自上一本诗集出版
Foreword

　　自上一本诗集在国内出版，整整15年了。这期间发生了许多事，最大伤心事，是我的母亲走了，我写了长篇《好儿女花》纪念她；最大喜事，是我的女儿来了，我写了《小小姑娘》，讲给她听我童年的故事。

　　看着女儿，想着母亲，我是一个夹在生与死之间的人，太多的空白跨过时间与悲伤袭击我，小说不能填充心里的空白，只有诗。大多诗写于这期间，未给杂志或报纸，这次直接出版成书。

　　感谢两个人，一个是澳大利亚汉学家Mabel Lee，她一直是我诗的同心人，译我的诗；另一个是亲爱的毛尖，她专门为这诗集写了后记"我也叫山鲁佐德"，阐释女性与国家的关系。

目录

第一辑　非法孩子

第三辑　悲伤的秤

第一辑　非法孩子

（2007—2013）

重庆贫民窟

那件衣服试了一下
瘦了一寸，江水之上
再也看不见他了

他成了黑暗的一部分，他死时的笑声
刺中我
我成了他的一部分
星月也害怕
全坠落到我的乳房上

暮 色

望上去是蓝
上面附了一层低沉的哭泣
尽是灰烬，家乡变成如此
如你所说
纪念父亲的死
还有我的死

那蓝后来成了一股冷冷的气，我用袖子
挡了挡脸
死神
落进了衣服的褶皱里
如你所说
纪念母亲的死
还有你的死

预言家的舞

寺庙里有伴舞

小小的脚，粉色的花盛开

佛笑了

地狱厚了三尺

装下更多人

上楼的时候

你蹑手蹑脚，呼吸如鱼

小小的嘴吐出一个新鲜的世界

触　电

孤独的翅膀下斜

朝墙上贴近

再上升，朝墙上的红线隐去

红线吊着一双白色的鞋

装上一个孤儿的瘦瘦的脚

雷电交加

她触电，大叫

她惊骇十秒钟后

稳稳地走下红线

落在了我的手指上，像一个害羞的花朵

梦北京

那是腐烂的大白菜
可以淹死我所有的梦
那只刺猬小心地穿越
正在消失的城墙
看见我们姐妹相拥而泣

我们的肺叶
专门卷裹男人的谎言和性器
我呢，脸
对准母亲
母亲独自走开
我们姐妹死前都把美丽的嘴张开
吐出一个个男人

三月去马堡

马堡的坡度，是一匹向上跃的动物
没有目的地
天使的手招了招
把这动物冰在半途

一排红色瓶子
在大教堂下腾起欲望
相互撞击，听瓶子唱歌

我举起瓶子对着道路
扔去，瓶子散落
如疼痛的葡萄
统统滚下马堡的石阶

谁的女儿

找不到家具
只摸到自己的手
西比尼尼山脉有道闪光
照见手背上的乌云

在五千年前，你是一道影子
我经过无数的陌生国度，进入意大利
喊着你的名字找你，有一天，你来到我枕边
说妈妈，你这个可爱的吸血鬼
从那之后
我头发里全是温柔的眼泪
用力去推开那尖叫的爪子

母亲的钟

我的声音里有你的声音
像灯里的钨丝
什么时候断
什么时候世界进入黑暗

我一次比一次有勇气站在你面前
我拒绝裸体
是因为我的裸体总被强暴
你比我幸运，你有爱你的人
我呢，看旧地板上的蚂蚁爬上双腿
耻辱使我连你的声音也不曾听懂
我只做一件事：
记下蚂蚁伤心的赋格
不知你像个囚徒始终挂在空中摇摆

焦虑的筷子

你的谎言，是如此多茎

开花，冒烟

把面具顶开夹住，一个碗足够温饱

一条河牵动另一条河

自找一个说法

星星流过，抵抗说法之外的说法

敌 人

我从不坐在这儿，因为这儿没有我的位置
这儿也没有窗，更没有木匠
风也不来，老鼠也不来
什么消息也没有

桥在远处
我在你看不到的水底
而你一直以为我在你心里

西　瓜

那是最黑的边，最深的牙印
最深的刀伤
不是播种日，也就可以把籽撒在刀伤里
加点泪，一滴就成
弯身向那最深的黑、最深的嘴
我不必哭喊：好吧，就埋在那儿

听鼓声

我从不看她的脸
那紧闭的嘴是一堵墙
鼓声在响
我的爱人上了断头台

蜜蜂来了，那一注视
墙倾塌
她说话
我佛慈悲

女孩汉娜

我的爱在一百个格子间跳动
我的爱在一千个梯子间跳动
我的爱在一万座城市间跳动
我的爱在一亿个星球间跳动
为了找你
你走在哪一个格子里？
你迷失在哪一个梯子上？
你蜷缩在哪一个街道里？
你哭泣在哪一个星空上？
因为你需要我的爱
你失踪，你封闭自己，像沉默的石头
更像无辜的羔羊

小姐姐

我从墓穴中钻出来
泥土生泥土
泥土归泥土
时间，时间就是开花的斧子

在击向那森林之王之前
我发现你也在墓穴里
血浓于水
我要带你快跑
远离那世界
时间，时间就是结果的斧子

煤气灯

青春的错误，在一字之间
"不"，就是从不顺从的"不"
你我之间的冰山建构在这个字上

气体它如何进入我的胸中
那蓝色呢
那海滩呢
那骨骸呢
那我轻轻地咳嗽
为了讲出另一个字"爱"

大半生
都在绕过冰山
你缩在我怀里
用那花瓣的嘴唇
吻我，说，我听见了
一只鞋叫痛
另一只鞋也叫痛

帮母亲擦泪

我朝前看，她的左肺是一盏灯
四十五度倾斜，照见的是从前的阴影
右肺呢，是腐烂的肥料
从这个早上开出花蕾

告诉你，从前的错误
尽是爱的错误
有时朝前有时往后
一环扣一环
闪射着痛苦的光
那是海水的蓝，深深的蓝

从日出到日落
从日落到日出
我的生命，始终跪拜在此
而你教我站起来，教我在战栗中歌唱

我和你的故事

我怎么来形容你呢？
在过去了这么久之后
被面铺了一层灰，柜子长出了树芽
光线不是从上打下，而由下射向上
曾经一起浪迹天涯的人都回到家
不分星夜晨曦
当那天的敲击声同样在楼上响起
当熟悉的咳嗽，从一开始转为诅咒
我忘却那是刻骨铭心的爱
甚至以为那是两只山羊初相见

谁都可以有那样的过去
当那样的脚步统统消失在楼梯间
当海浪一波又一波重复在眼睛里
泪滴在地上便成蚂蚁
举起的手垂落成蜘蛛
爬过的山一座座像星星遥远

我上哪里去找一丝儿你的踪影

只好在心里把你剔除干净

握一根白手绢，加一个可以摇晃的镜头

运河呢，仍是泊着无数鬼船

雾弥漫

他们走出来，他们脸贴着脸

他们叫我的名字

声音震得脖颈上的珍珠项链直战栗

草如此翠绿，跟你的衣带缠住我的头发有关

跟你我的缘分有关

我走了，你也不在了

看那些照片，才明白你的失望不亚于我

我呢，想把这些照片都吃进肚子

一辈子都不再感到饿

一辈子都不需要别的人

我爱过你，跟爱一棵萝卜一样

可却不能辩解泥土都明白的道理

罢了，罢了，那白手绢上泪珠儿太多，那镜头本已老朽

没有了他们，我爱就爱了，哭就哭了

完全不在意日后看这诗的人作何想

火 车

不止一次在海里抬起头来，看那火车如何开过我的身体

夜里做梦，火车依旧轰隆

那火车，装载着认识的人离去

现在想来，他们怎么如此陌生？

我潜入海水

海水深过一个久已消失的城市

可一条鱼宁愿在那儿

她说二月，风如马在嘶鸣

她说五月，马如锦团绸缎

皆不属于她

火车上的人，戴的面具现代又时尚

穿过正在庆祝节日的队伍，他们带走我的痛苦

可并未留下快乐

我一个人在海水里

沉下去，固执地沉下去

听见鱼喃喃自语：爬上岸去，哪怕被网笼罩

而我突然记起，我早已死去多年
我的头颅已渐渐变成蓝色

非法孩子

找不到埋我之人，好像他的脸上有颗痣
他也杀了我的兔子
草丛堆上屋顶
那个夏天被撕扯成碎片
散落在公园各处

我的母亲手脚被捆起来
上面长出了血红的枝条
她的鳃，始终未腐烂
我看到自己在三岁的画
那时我在深山
学着呼吸新鲜的空气
专心于复制母亲的耻辱

画笔断掉半截，染红我的手指
那滴下泥土的水，从未回返
父亲找碑文，找了一根鞭子

他知道误会一开始就有，再有也不稀奇

他说：你是多余的，转世也不曾改变

眼睛的黑白

贞节带被众人挂在树上　树带着重量

轻如神经束，重似魔杖

我在树下重复一个舞步，再重复一个眼神

我与你不幸进入了一部小说的情节

流水不腐，青山长绿

这是一个说法

另一个说法呢

我们心眼正邪与吃下的食物相关

与我们的记忆不等

我曾派出猫去找你的身影

一个夏天都没有音信

猫的四掌刻着你的名字

猫说，不，不

她的眼睛里全是泪

也是一个夏天，我把猫的话记在一本书里

谁输谁赢？像一个发臭的鱼

残忍的白色，占据着众人的眼睛

我的失败在于我把自己埋葬在树下

我也叫萨朗波

没人会记得我，记不得也没关系

马车早就去得无影

那鞭痕早就不痛

爱一个人

成为一个梦

远比无梦更虚无

我死了

什么也不知道

美貌如此结束，时代如此结束

今天的海上看不见鸟

给我一杯红葡萄酒吧

再给我一只苹果

萨朗波只是一个名字

你们都不是好心肠的人

看着天上的云会忘记如何看云的过程

那几何体如何折叠

一个人如何被消失

我记得他走到我面前

说，你看看我的眼睛

里面全是性，全是悲伤的歌

他闭上眼睛

很冰冷

我的嘴唇贴上去却如火燃烧

哦，他才是一个好心肠的人

游　泳

我做纽扣的衣服，一直挂在墙上
好多蜘蛛来参观
绣了好多图案

我看了又看　那是他站在另一世界尽头
他失语，耳聋
他记不得过去
我也记不得那几间小房间
我只记得我最爱的人死了
他用了一根绳子吊死自己
那根绳子后来绕上我脖颈

现在戴上任何项链都会红肿
别人看着我像怪胎
我做衣服，是为了遮住那儿
可是江南被地震变为江北
房子的墙也变为了地

洪水涌过来，母亲心碎地回家
原来她把一只鞋掉进江里
我沉下江水找，找不到
你想死吗？他问
我不想，但从那之后我就会游泳

没有人可以逃避这命运

我的成长

悲伤是个点，折叠后

成一条线

再一擦

成为一道山

成为一条河

深深的河

我站在河中央，看你

你背对我

像背对无数个点

你把自己的指头切掉

你也把别人的头颅切掉

它们通通滚在地上

如一枚枚豆子和萝卜

我站在海洋深处，跟着鲸鱼跃出海面

从前的一把钥匙

跟着树叶，找镜子
跟着水珠，找一扇门
跟着靴子，找一座城池
跟着床，找爱情，那些睡过的痕迹

年轻了几岁
星星落在了脚底
年迈了多久
一叠扑克牌才可握住
听，母亲在和魔鬼争执
那长长的钢钎上还留有鲜血
军舰在江上开炮，坦克在徐徐驶近

倒下了，倒下了
我童年的马
嚎叫，低语
你改变我吧，像改变一次旅途
我睡眠在此，无需名字

我的手掌，你的手掌

不要看，一看便是沙漠
我们的爱只剩下一颗星
乌云一来就会熄灭

大地薄如一层纸
穿过它，赶快穿过
即使我们会破碎

一个人走了
因为祖国不存在了
祖国走了
因为我的形体与你的形体
像干枯的树，记不得发芽

鲠的画像

她身上所有的元素与你无关
她勾引云彩
为寻找失落的一个灵魂

她的童年
始终在逃亡
云彩的色彩被取消
五十一年过去
天空一片黑

那些入睡的人再也未醒来

第二辑　莲花戒

（1999—2006）

你如何变成鱼的

渔人

经过，他弄碎了一种小心翼翼的保护

那种东西在潮上碎裂

你赔笑跟在渔人后面

腥味点燃你的身体，你摆动

鳞火闪闪

鱼肿胀得厉害。躺在岩石上

其他还能做什么，享受丰收吧

海岸上全是炊烟和渔网

你不是鱼，你从不是鱼

秘密字典

你过世的祖母
临死前用刀雕出一个鲜嫩的手指

绿鱼飞在天上，飞成一个圆
微微一摆动变为白鱼
熄灭灯，熄灭这手指上的火
阴冷之黑
未出世之痛苦

第二曲

我忘了第二曲是什么

第一曲里

这梯子再没有那个女巫走下来

一个不可越过的界线

去年我挖出一个宋朝瓷瓶

当夜红色包围了我，可是曾经相爱的魂

绕上我

我绕着蛇，唱起伤心的歌

发生在山上

在山上，血迹之下，泥土之中
影子惊奇，一声叫喊之后

仅仅一秒钟，不算事件
我撕掉脸上的任何表情，转着看梅花飘落

腐　烂

没有行李箱，恐惧只在风里
竹子在刮风的上午开花，如我开花后死去

你打字，声音太重
向这冰冷的世界射出你的复仇

不时回头朝我一笑
你把橘子剥开
剥开我，放在子弹带里

渡过去

渡过去
手指弹动的地方生出小儿女
或许你就是其中一个，一具处理过的尸体

有人在拆房子
瓦片捣碎
木头顺江流，还有纸片上漫漫消退的字

马德里在这天成为水城

小女孩在马德里街上扬帆驶船

人们在水里求救，包括小偷

你在哪里？

在哪里能再见你？

小女孩忘记另一个长满洞孔的胸膛

她只记得马德里那个冷冷的傍晚

生活的经验全在水里，被她叫作亲爱的

他是男孩

他这个男孩
一手一个旅行箱，顺楼梯而上
变轻，变成一个母亲所有的悲伤

第三日，天还是很冷
他的脚步声出现在蘑菇酒吧里
有人在演奏，给他一个酒精的微笑
今晚，或许今晚可以停轮回？

南方城堡

这儿突然变成一个巨大的医院
从雪降下的方向逆着看
是一个笨拙的手术台

雪露出一个临死者的名字
冰片在湖上裂开，玻璃碎裂
医生和护士躲避她的笑声

她离开了病床，从另一个人成为她自己
挤压成一张张有购买力的纸
她想念旧日生活
回忆像个清扫工
一挥手就把全城的雪从血中清除
她不想追问自己，到底为什么不肯做证

莲花戒

她朝自己洒水，一路碎星雨不断

死去的父亲在其中，伸出手指
向她要纱布。血还是浸出
她剪碎衣服，缠上头发，拉下花做早餐

春满日

挑起发丝，鱼说枕着我
让我变成一把尖利的刀
你只有张开翅膀。携带花瓣飞升

冰河下我看见你。以鲜艳的美
日夜飞奔，跃出太空的弧线

波浪已开始暴动
如我夭折的生命：轻轻附在珊瑚指间

南池月

他们望着拥堵的交通，但已无法回头
一只鹤眯眼检查每个人的手指

一夜不够。雪已经在他们心底堆起
那人是谁？狠心留下舍利子

新 店

长到十岁
已经找到坟墓

长到上山爱我
把欲望折下
包上白米，闻香识人
长到与水齐
夜夜歌舞
骑楼上看市人喧闹而过

鹿面桃花

我入梦了就找你
你在门外
你在叫一个人
我不是这人

脚步在达达响，日夜不得安宁
脚步在达达响，你一次又一次迷路

这一世还早
像这晨曦已经不可更改了

新人间

我与青蛇对视
一阵风沙袭来
把我腾空抬了半里

青蛇死了
我在后园挖坑埋蛇皮
熟悉的呼吸滑过肚脐
我埋下自己的一半

象棋王

现在别看！他在一个盒子里说
在日落时我才是镜子
不，你是做镜子的人
你只照出别人的罪恶

把身体转成一朵莲花
他说镜子与莲对立
他不知，你一直睡在水里

孤儿的手

整个沉船的水波
荡漾在这石砌的广场
载我来找你

虎皮的金黄色在水波上飘动
水手们的力量落向倾斜的街道
在一个女孩梦中出现
我害怕了
突然想紧紧抓住一只你的手

花忆花

码头的月光把一个人折成两面
一面从不见太阳
一面全是白杜鹃

他需要一个倾诉对象
把开花的时刻与石头交换

他带着灯笼和不顾一切的决心
我只有一颗爱的心，因为我知道
太阳升起前
鬼船会离开我

光 舌

从断臂中生出一枝竹叶
那是死神的眼睛

他仅死去了渴望：让我回到他身边
看山变成一股水气
看水气如何浸染我的脸

就在昨天　我与他在江上相遇
他悲痛地问：你为何篡改了性

冥　火

你被当作一盏灯，走了一段
你变成了
另一盏灯

我知道你在等待
黑暗直线剖开你的身体
我的身体
你在心脏之东，我在心脏之西

上 山

青苔引来青苔，他们都是时间
将爱送入甜蜜的嘴里
如尖细的刀片自由地游荡

他们贪婪青春
虐待身体里的来客
太阳下沉
我独自上山
谁也不会来那里找我

水　獭

你露出头来　像一列疯狂的火车
湿湿的精灵
钻入我衣服里

我每日蘸露珠云彩　画水獭
我每日企图抛弃他或抛弃她
我就是一只水獭
我轻轻地低语。水獭突然消失
一滴水迹也没有

桥 上

他在一个寺庙度过六年
变成一棵生病的桃树
叶子卷曲像两张肺

包裹我，包裹我包裹过的脸
眼睛飞上桃树
六年前看见的一幕重演
眼睛游走在河边
脸呢，端正地搁在栏杆上

水 中

这条河在手指间转动 河水越过我
河底下的房屋人脸清晰
你好，女王
有人叫我

天倒过来看又薄又近
女王，楼上请！

绸衣闪闪
南飞雁纷纷停在窗台
女王，看剑！
我深叹一口气，显形河面上

小小人

特制的皮，细腻如玉

你周身冰凉，说虹在手掌
虹是一个小小的人

在那儿等阵阵细雨　听雨水
点亮灯
那么摇晃吧，摇碎一切
你的身体
如此喜欢残酷

一对蝙蝠

画报变形后贴在门框上

一笔笔添上一树一庙

你们居住在此已非一日　交换梳头

火烧至翅膀

你们相互看看　继续梳头

未亡人

我在沉睡

杜鹃花开出三角形，一个男子

跪在垂死的虎前

那些杜鹃，贴着我的皮肤下坠

突然停止在半空

我开始哭泣

又一首十四行诗

面对不同意见时　他想到了蛙
想到如何先声夺人　那绿油油的水波
像一具刑具
他不需要再听下去

如果有火　就把爬上田坎的蛙挂在火上
焦糊的气味一定会震慑
所有敢靠近的人
牙齿幻想着肉香　而诚意
即使没情感　也是美的象征
蛙易碎的骨头

记忆中的此刻　他赞赏自己的深思熟虑
穿过水面
完成刑具的意义
了不起的是　他能让别的人听下去

第三辑 悲伤的秤

（1990—1997）

桥　梁

那头像的存在　使桥身微颤
想起许多人
聚在桥头那边

他们在松树林后
做一些无法猜测的事
但他们肯定要来
从松子　从钢筋混凝土走来

必须想到　他们中的一个就是那头像
必须明白桥将在他脚下
摇晃
猛烈地把我摇醒

轻巧的预言

你从头发里
找到鲜红的记号
那是与数字相对立的
斑点，饥饿的光
上升到脸的边缘
你认出，他就是那个人

路过约克郡

草莓裹着雨珠狂奔，决定路过
约克郡。那儿
潜藏着我临死前未说出的一个字

坐在堆满杯子面包屑的长木桌旁
不出声。我等了许多年，不缺乏耐心
况且啤酒早就无味
雨停的一瞬
车朝我猛冲过来
天很黑，那个鲜红的字
在窗外一闪，我甚至没能叫出声来

准备为一个人写传

不知他如此布阵。如果知道
我就不会在雨中捏紧伞柄
雨大，是因为他在对面走
脸上蒙有特有的

沉静。如果这时雨停了
我就该低头
蹲下身体，让他的衣角
轻拂过我的头顶。他握着的玫瑰
一下便转换了这个岛屿的位置

我清楚他坐上那辆白车后
会越过警戒线
像一个舌头，把街角的灯
吞卷。而他让我丢掉了伞
丢掉了围巾，激动地发抖。真的，真的

他只比我多一点勇往直前。那白车
那方阵周围沉重的血
将我掌心的线全部跳乱。我和他
错在哪里？不过是第一章没写完而已

三　洞

她把三洞两字折叠起来
放在窗坎上。睁开一只眼睛如金鱼
转圈，水波沉在底部
斜跨木屋的风未到
水波早已没了踪迹

三洞——这个地名
成为寻找母亲的借口
穿朱色旗袍，扯掉上面五枚布纽扣
低一次头
独独掠过鲜血桃花领口一枚
恰好风到，竖起她痛苦的双手

想想，再想想
必须是一个没有日光的午后
三洞钻满桃花柔软的身子
遮住了她，而母亲善变的脸

离开门口，拖着长长的风声

附在一个模型上

她睁开另一只眼：救我！

沸腾的夜

塔斜下去

漫成成片漆黑的水

一高一低的公路间

杂草越过人头，遮住粗壮的树

在一个名叫家乡的地方

留下两种叫声

裹在旧衣里。而另外的地方

他们烧死的纸人

正在游行

回忆之灰

缓步而行的思想，比西海岸快八个小时
此时这硬朗的心脏
走上走下，楼台开着贞洁的花

这就是她，白天重复夜里的旅行
而青铜刀跟了上来

他的声音

树在树叶背面，摇他
我永远不会听见
还是不想
将手探进树的心脏

他的门不开
江水从屋顶穿过，夜空
敞开一条线
他在说话

像以后
当这座城市只剩下长长的
石阶，他伸出手
对我传达
死亡前沉寂

苹　果

小小的脸，像冰
抚摸你的人后退，他忘记了

跟你的记忆失去联系
苹果，不止一百种默契
他见过
唯独这次
她悄悄哭泣

安 葬

逃亡具体的一分钟
躺进风信子的香气里
我呼吸
魂浮游，前往

来路
你作为一个障碍物
在黑暗中
闪着红光
擦过敞开的窗口

家 乡

她交换白天，以钱币
避开交换的位置
她奢侈地露出身体，让心

转动成梭形
现在，我与你交换
她说，用离我最近的梦
最淡的带酸味的泪
跟随它们相遇，垂直地悬挂在雨中

惊　叫

祖国在选择中改变色泽
他把结局面对我
省略全部过程

我开始种植来自祖国的花
有一张洗不出的底片
转到他从不慌乱的手里
那手抖了抖
然后，就永远停不下来

我开始吻他的眼睛
可能，这就是唯一忘记的方式

居住地

愿意我继续

披着宽阔无边的长衣？欲望高涨

颜色新鲜，引起追踪者的注意

二月的风装作乖顺的鸟，比树皮青绿

你站在爱情的对面

看着我把一位陌生人

带到一些相互磨损毁坏的容貌前

指指点点，仿佛我从未爱过玫瑰

也从未取下过脸上的黑纱巾

鱼

用我的身体象征水伸展
透亮，与网若即若离
风声像高叫的弦
积蓄光，倾洒在你有褶皱的脸上
我沉落
以一生平静日子为代价

燃烧，吸尽能飞的音色
和节奏，稳稳挽留目标的河流

写 作

原地行走的人，家乡

渡口的对岸

石头房子

欲望的秘密，三十几年

不停地称颂的

一个名字，备受折磨

自由的夏季

幻想过现在

写作，从你受伤的暗影描叙起

包括你怀中金黄的虎，跟着你说

冬日结束

母　亲

她是和一切悲怆的词联系在一起
阴雨绵绵中
将幸福递送到我的手里
我看清
黑蚁爬满路
拖曳一群默默无声的僧侣

它们象征什么？
唯有爱着我的人明白，是的
她当年迷人，喜欢
在细长的脖颈上搭一条白绸

戏　剧

地铁
歌剧里的一首咏叹调，很尖
有许多个分岔，像我的手
你的手

我们究竟是在哪儿相遇
歌剧的幕后？我对着自己
悬空的手
说昨夜的梦：家乡，你
还有我的母亲，是不是总是如此
我把自己的手
当作你的手

你来到我这儿，带走我
包括我的以往
一个停顿，墙缩小
缩小，剩下二道分离的光焰

黄　色

你一再占有我：充满理由
从睡梦中突围
你就是能飞越的黑夜
一点一点收集我的历史

我怎么能看见？
我的未来，地图上的折叠之处
一盏像鼓的灯
熄灭于潮湿的草地
残留的鼓声在提醒我：面朝河水的窗
面朝巨大的东方
广场，行走在刀尖上的女子

就是这杯兑了番茄汁的白兰地
留住谁的身影，你，还是别人？
你轻轻用手指
触摸我那些伤心处

胜过性的芬芳，好像是第一

在我与你之间

仿佛最后一刻，灯火滑行

之途多余的享受

相　遇

醒来，多少只鸟已叫过
我在梦里见过它们
一次纯粹，带走你

还有一次，我听见自己的声音
"现在它们不得不在
异域，在陌生人的心里跳跃"
我记得那一阵子
窗外游行已开始凶猛

你抚摸着我的身体
上面挤满地狱的色彩
我不说话，掉脸悄悄流泪
于是你朝我所不知的方向
不回头地走

你的阴影跟着房屋的阴影

历经过的劫难，跟着我们不同的

父亲潜移

我的嘴唇渐渐冰凉

蓝靛花

石头被抛在固定的高度

石头的芽

静静冒起二层绿

拒绝手指

你打着呵欠

驱车穿过市区到乡下

你找蝴蝶时，我正在昏睡

痛苦地看到你的脸

在蓝靛花前闪躲

风　筝

我进不了那间房，哪怕它不上锁
经过楼梯
想到一只被丢弃的风筝
和一个、两个不得不
流产掉的孩子
我只得朝下走

河水泛着冰凉的气泡
从河面飘过
年华，我走得更快

他们对我做了什么

一年来，我想看清
我在哪
脚下的稻草偏向乌云
同时倒向我临终的矮榻
那些与你在一起的夜晚
从枕边散开

摧　毁

把一个女人的童年装进

一个翡翠的壳里，她的老年开始

她死后，下了一场暴雨

一群蜂在我们头上盘旋

在河岸上

黑色流荡在船舷边

跟着船涌上岸

在加强你可怕的思想

怎样重新

尾随一个黑影

那是你站过的悬崖

虹

避开我

避开旧居，从发音开始

尖到我一看就会笑

亮到我一碰，大雨就汹涌而下

那是一个人吗

暴露在面前？首先烂掉，然后

发芽。咸味的舌头

呼唤我，从任何角落奔来

要我，再要我

这儿就是目的地

垂直的火燃到水底

一封信

读或是不读
太阳从手背翻到手心
哪一面和他的字相似

教堂门前的人等着有花
送行，到死神那儿
或是应该回家？
在月食之际
在他和我离开之时

不谈痛苦，也不谈幸福
只惊奇，一次次学习逃亡的
技艺。好吧
我得对自己说
有的信不需要读，有的人
不需要忘记

鱼教会鱼歌唱

扶梯深入水，房子的泪
雕刻在墙上
四年，还是十一年
红色
再红色

想着我将横穿过这儿
你跑
你是一条鱼
被抽断了脊骨

冰　山

我睁开眼
倒挂的树
跟着一群牺牲者

从此我身体
生满可笑的小嘴
吸着一面镜子

几百里的激情

刀子，刀子
躲避光线
紫花突然缠满所有的路

通往西南方，那里有一个人
坚持着一生的孤独

刀子，刀子
在雨水中由金子
变成锈铁
那里有一个人
坐在书里看书
今天，已是一千年后

木　刻

发现天赋的人在死刑场转圈
吊绳垂在他的脚边
他仰起脸

我在这个夜里听到呼唤
像他心，去要求
死神好好待我

我埋下头
光压得我痛，我叫了
你怎么不离开

失去天赋的人只能失去记忆
跨过大片的黑暗
悄悄走在他的身边

周 末

我看待爱情的眼睛
那是他的主意
一进入夏天
没有黑云的高地，全是奔逃的蝴蝶

我是被弃者
和蝴蝶协奏，时时
迫不得已插入呼吸的音符

手　套

陡峭的小街
倾斜向前，他去哪里
哪里房瓦就自动组成图案

我大笑不已
大批的白手套运出城市
认识我的一头动物
在他转身前转身

他懂得悲喜剧的界线
他使我站在巨光中
看不见观众
悲伤地
蒙着脸

名 字

从梯子下去，下去
就是戏台
她高腔，脸上喜气盈盈

有人在找她
她是谁
油彩如墙厚

反抗的舌头像老鼠
在人堆里乱窜
给她敲响鼓
和她一起唱

异 乡

风暴中紧闭的门
我的时刻
两艘船泊在山下　冰雪在加厚
五年的冰雪

五年的镜子照着我
这个饥饿的城扇形展开
像半张雕花圆桌　每年这个傍晚
月光总投在我的空座位上
当全城乌鸦狂飞

背　叛

唱片投射

一个个灾难信号

午夜

沉船飘上陡峭的岸

女人们　一排严肃的牙齿

穿着潮湿的袍子

沿长长的木梯走下来

水滴在手心　沉闷地响

像眼泪掉在地图上

花 史

飞出来的方向　蝶

两腋的锁链

慢慢收紧　在一个没有观察孔的盒子里

小镇之夜

蜡烛只剩下最后一寸
在黑暗扑灭一切之前
我必须做完这个梦

我追求任何瞬间的快乐
胜过仔细挑选的盼望
狂风引我走向一所所房子
我学鼬的模样　站在雨水中敲门

追　踪

船凝固在黑夜里
亮得耀眼
一个我不知道的方向
向我推近

群鸥贴住船舷
俯在我身上喘气
突然我明白
那一年你为什么消失

绝　食

灰尘布满双眼
你退向墙角
你没看见窗下有路
有人正沿着这路离开

你的身体被想象吸干
像纸一样静静飘起

绝　路

王国　已被最后一个字抹去
宫中只有几面破碎的镜子
从这裂口到那裂口
划出一片暮色的惊慌

他在起风时离去　捂着脸也能看到
风怎么吹　怎么停

夏 天

出奇的夜晚

仅仅一个夜晚就够了

那不是恐怖　回忆那一刻

才恐怖　在一个该停止的斜度

从你脚下飞起扑克牌

擦过我胆怯的嘴唇

一些圆点　缩小

再缩小　与我们交换一句咒语

关于命运

别人的花园是个迷宫
修剪整齐的松树
成片的郁金香在晚霞中燃烧
而蜡烛和火把突然熄灭

这时响起歌声
绕在复杂的时间上　圆盘的针指向唱歌人
小径翻山越岭
直扑黑暗的花蕊

颚

它面对的不是三个杀手

而是整个仇恨

它吞掉的一个女人

手指被潮水卷回沙滩　还带着兴奋的战栗

假如榆树已经开花

外面的树被风吹来吹去

没有一个动作

是重复的

这树是什么树

这风是什么风

说这话的人穿着丧服

清　晨

盘子　装着一个正在做的梦
痛

雪　崩

对着一面高大玻璃
你坚持捉走茎上的蛹

它们飞回来
厚厚的一层　雪崩开始

阿利桑那州

阿利桑那

在我的咽喉里

我张开嘴你就会看见

那是一只猫头鹰王

它像一首歌凶猛地扑来

死盯住三更时的木屐

泥 地

塔顶的鸽子
落入儿童肮脏的手

塔顶叮当飞出我的注视
悬在那儿　我认出
雨里的撞钟人跪在泥地上

轻巧的预言

你从头发里
找到可怕的记号
那是与数字相对立的
斑点　饥饿的光
上升到脸的边缘
你看清了　他就是那个人

背　景

我栖在梁上偷窥

舞者　满身刺花穿过街心

走到你的身边

她对付黑暗　比我得心应手

她悠慢的动作

可爱　像每个死者的女儿

整整一把琴弦

整整一片潮湿的路

悲伤的秤

我的衣服

遮住醒来的手杖

这是他的第一声命令

比太阳还早

他起身　在门上

留下两个身影　我的最后一口气在后退

骰 子

割草机停下　草里的蚁冷冰冰地笑

我故意大声咳嗽

看雨水擦洗欲倒的篱笆

这只瘪蚂蚁

在不停抽动　向与我约会的人发出信号

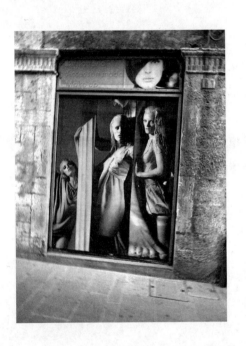

唯一的鱼

你出现在这个时候　我抬脚移开
那水流发疯地转动　不该想的问题
就是我夜夜咬破的灯光

你出现在我面前
摇动水光　窜过堤岸　从我面颊
擦过　你可能一派胡言

当我看见十架飞机在头顶飞行
手里的鱼却早已跑掉
为什么我还握着
我只能涉入水中　沉下去　沉到你的深度

圆顶屋

车轮压下去的落日

像骨头　更像金属带

一只鸽子扑向车窗

凶狠地抗议

冲着他耳朵说　你得跟我走

你得跟我在一起

暴风雨横穿全镇　路对面

圆顶屋窗打开一半

啪的一声又关上

鸽子绕着车飞

眼睛发亮地照着他的脸

这不就是她吗？你永远坦白不完的

一段误会　她又来了

第四辑　蝴蝶与蝴蝶

（1992—1995）

争分夺秒的诗

我转向语言

那是一只即将死去的猫头鹰

树下的一对人

排列整齐，象征交易所的开场

象征我珍藏的器官

注定被交出

得到的似乎是一串幸福的诗句

我的语言离开我

去找它中意的同谋者

最好安排一个军团，在雪盖的群山中

走向我，越过艰难的行程

组成一首崇高的史诗

我该停止这可怕的玩笑、这恐怖的一幕

把自己还给可怜的自己

快，趁天还未黑尽

启开这锁住阴云的盒子，用火点燃

仅仅剩下一只已经死去的猫头鹰。我退掉

租来的房子

一切俱静，再没有诗

只有清扫工作：我写上不同的时间和人名

红樱桃

就这样，你随着影子走到边缘
手里的樱桃抢先落入街心
从阳光畅游的楼顶，那鲜红的
果汁溅了下来
路人的尖叫提示你
必须找个支撑点

人人在问，今天早晨
一个莫名其妙的问题占领大街
几颗樱桃继续在下坠
不带一丝声响滚动：你退到边角

弯下身。你看见那影子
像一粒骰子在房顶蹦起。节奏

如此熟悉，你转过身
厉声拒绝我带着自辩的靠近

你向天空伸出双臂的那一瞬

我不得不承认

是我的诡计成全了你

他如何避免鸟的仇杀

每分每秒，他都在操作桌上的器件
一屋子鸟的标本
飞着优美的圆线
他拼命回忆那血红的五脏

熟透的樱桃挂在窗外树枝上
像一粒粒玲珑的心，鸟的心
一旦他闭上眼睛，鸟就会活过来
从圆周各点冲向圆心

他被鸟啄空的身体，沾上细软的尘土
夹了一两根金黄的羽毛

不需要天空或笼子
他让静止的企望
代替更多的阵亡，用那些轻巧的

剪刀，搜集具体细节吧

让一个旋转的巢

逃脱固定圈套，他明白无数假眼正盯住自己

爱情从雨中走出门

这座小楼离你很远
十五至一百英里，我在选择
广场热闹，牧区清静，海边

波浪翻卷。我看中小楼
死死扭住爱情
不放手。这像一道晚餐
一吃再吃，划痕布满碗盘
这是一首歌唱得烂熟

幸福据说就是爱情，为此我出售终生
避免发誓而神色慌张
爱情在小楼外淋着暴雨
挣扎，大喊，扑倒
然后从容地爬起，向我的门走来

冰凉的手伸过去抵住门
水迹沿台阶在流
于是就结婚
如果除了爱情，没其他奢求

书与鸟

书页上的戏剧家改换眼神，他相当
清楚，越过封皮，手离开书之后
他是一个怎样的人

他该想到，鸟的晚年很伤感
整个一生支离破碎
冻僵的鼻尖，被夺走的宁静
模糊的记忆都黏在他的衬衣上
鸟的眼泪试图打动一个不会被打动的人

他与鸟委身于某个情节：他是外科医生
手术刀由他横竖摆布，比金钱重
比爱情更让人就范

"我死无葬身之地。"这条大街站满
喝酒的人，他们
心里明白夜晚只是夜晚而已

冬之恐怖

谁也不知道，我与你隐遁的真相
雪中的意外事件，树丛由紫变蓝
雪和树丛交换伤痛
如一本破碎的诗集：缓慢地

风景中的亮点，照见那片弃土
我们命中注定在那里重遇。告诉我，这烧焦的
市镇，如何在那一瞬间变成你
告诉我，雪如果未浸透那树丛

不谈也罢，那树丛是抽象
同时挂满幻想，像冰针
这截蜡烛、半瓶墨水、这页纸
已足使我庆幸，如果你不在这时失踪

如果你失踪在那本诗集里。告诉我
求得这种感觉，我寻找自己，具体到改名换姓
而你会不会加上你的幽默
倒在我的笔下，使我的墨水凝冻？

你解救我的方式，可能是让我提前
坐上别人的马车。雪啊雪一直在下

蝴蝶与蝴蝶

我在你身上画出图案
我移动，你便喊叫。被你
肌肤雕出的花园就膨胀

预料中的一天终于到来，反使我惊异
定理与灾祸是一对拥抱的
恋人。映射你每点
嵌上尖利石子的美
你拒绝一件轻一件的
衣服：影子重叠，像蝴蝶

与蝴蝶。我隐藏起来的词组
为你构造成句：一次结合需要迅速
特殊的结合需要暴虐的快乐

拂晓，分厘不差地临近
草地在你的身下飞起来

情 书

信不让我做最后的决定，瞪着眼
斜擦过我头顶，好像灰猫
激动的一刹那

喋喋不休的朋友，你追着我旅行
在我面前涂一块紧张的黄色
你让我醒着，观看你的献舞
说是我必有坏名声

是的，信挤我到坏名声上
轻轻哼两声
还剔一下指甲。坏名声令人想入非非

如耸在高地上的塔。观塔的人
越离越远
并非我一意孤行
目标正确：塔尖撑着云端

保证我

将成为同伙，长出一张

崭新的脸，读秒倒数，等着

镜子的圈套

那是个少女，坐在椅子上注视
白蛾。总共五只
在窗外飞

我是一个女人，享有一面大镜子
镶在墙上：我的身体涂着五处

污渍。我随心所欲
分酒杯、盘子
调着色泽变黑的美酒

这绿靴子
踩着五个倒影，我平静地研究
他们几时到来

五只白蛾在飞舞，如过去
贴住光线追逐影子

我听不见自己的声音，甚至看不到背对的

这面镜子中的鬼神

暗杀的代价

去掉两边的楼房，剩下这条街
去掉喧闹树林、高速的车，剩下这路面
去掉旁观者，有意留下他
静候街心

他文雅地走向一个慈祥老者
彼此穿越对方，如一个从未见过的巫术
那盲目的眼神就是伴奏：太阳中天

太阳正在中天
他幸运，还在街上走
但他已被挑中
即使他对仇人一无所知，脚下的落叶
还让他沉醉。发青的天游离着越来越淡的
云丝，即使他有些犹豫

却迅速转过街口
影子潜近拔刀人

凶手们倒下
他的手抖了一下，在空中
划了根短短的曲线。手亲切注视主人

最后那一刻，仿佛集中了多年的完美
它听见主人一声叹息
仿佛一句奖励，不经意的

燕子式的垫上运动

出奇的姿势，你让人卡住脖子
然后你卡住那人的尾巴
燕子与燕子做梦时常常这样
燕子们投下影子
你就醒来，吃惊地眨眼

你在椅上，一坐整天
不认识成为你与人相对而坐的理由
此时你昏沉沉打量
各种应约而来的表演

系上你腰的是一条可信赖的领带
前后对照，日子过得缓慢
以往的几个男人
都不够忧伤。手指了一下
迅速缩回胸前

设计一座房屋

再设计一个阳光温暖的三月

人，本是孤儿的同义语

只消打个哑谜，就可从中找出床单

往上投一对似曾相识的面孔

最后的情节

对面的人小心打开窗户，忽又
猛地关上。他捂住嘴
喉咙里怪声地响

那窗离地面两米高
枯黄的草，在几层寒霜中摇曳
暗红的墙上
有只蝎子几次三番想攀进窗

那人张嘴呵气，鼻子压平在玻璃上
之后在屋里来回走动
抛出整齐的烟圈，一身白衣
使脸像缺乏营养的灰色石块

他拿着一把斧子
这么那么比划，随时可能击破玻璃

蹦进这白光扎眼的世界

抓住鲜血循环的轨迹，可是他不

我不会去认识他

这层层加厚的寒霜

把我也关在窗里。真的，谁

有兴趣看他一眼，蝎子，或不是蝎子

玩　物

你们开办讲座，用两盘两杯

一瓶高浓度的酒。还有个深坑

落下去就冒出水泡

具体的形象比几束亮光更能派上用场

削出一幢楼房阴影的宽度

真是写小说的材料：三缺一的舞

错了，该算得上二杀一的阴谋

犹如螺丝被取掉，正使用的

梯子被暗中移走

只有空气连着谎言

流成一行泪，跌入浪漫曲子中

你们重重推门进来。她

你们早认识的一个女人，在结局里独坐

突然请求开始另一个题目

仿佛一直在渴望恐惧

像第一次，从未完成的第一次
你们骨瘦如柴。正好加入这种恐惧
如果这个女人能够飞奔
自然不会想到盛开的花朵会爆炸

你们正好借机结束讲座
却无法抽身离开：一阵狂乱的脚步
恰到好处地跟上

乌鸦与历史

这只摔破的耳朵，流着血
原因唯有自知
不远处的目光比子弹优雅
以深沉的铜色，打着唿哨
近了，近了
这件事如预感一样发生

而且一样失败。罪责集中
在阳光里这只长绿毛的耳朵上
一间房，点着油灯
夜深人静，那叛变的小嘴
美妙地张开

灯里的油悄然滴下
火仍不大不小，但足够众人
看出点端倪。难道这就是

生活的必然？队伍在延长
已变得苍白的房屋四周，嘿嘿

嘿嘿的冷笑，从热情的夜
到亢奋的器官
埋在骨肉里的音调纷纷崛起
踩着一致的步履
只剩一只发胖的耳朵在叫嚷
全都睡去，老死一般睡去吧

第五辑　九城记

（1991）

伦 敦

我们分开　笑声分开我们

在下午被水冲上泰晤士河岸　比雾还经常

你记下我的名字　在易碎的天空中

那是语法　我们缺少结合的身体

就是那个下午　鸽子停止前进

我变为过去　简单的过去

在打量我

把我们的精神啄到嘴里

简单的意义　就是你夹着一本书

从博物馆出来却走投无路

简单的重复　就是一抹黑的喷泉　鸽子　广场

那总是我　下午：事到临头

柏 林

教堂比郁金香冷　第一天
教堂比郁金香尖利　你站在那儿了
火红　火红　与我谈永不完成的体验
线条悬挂在走廊里　其实我是爱你的肉身的呀
其实我早把自己涂在你的身上

而城市飞升起来
比墙宽一点或者比墙高一点　城市的亮度
或者把我投射在你的火红　或者仇恨
或者永不静止　一直过第一天或者从未过第一天
把我交给别人或者就干脆交给你　或者
在英国和荷兰间照常航行的一艘船　或者
就是或者　不是一个地名　也不是一个人或是或者

阿尔胡思

花园是他们的简单方式

黑人白人黄种人加一条狗

猫与火　火　超过声音的波动

我盯住了你的闪烁不定　想与你探讨

走出去的线路　其他的方向都被大海紧紧围住

我想问问枯燥的膝盖　麻木　被猫抓过

麻木的火左右飘摇　左左　然后右右

就用刀子比喻刀子

就用非比喻的刀子把我与你架在一起

把我的乳房搁在火焰之上

把我的嘴唇撕为一对嘴唇

把我分解把我分解成你的冰块

让我沿着茎口流成一样的泪　欢乐

就定为欢乐　以上就定为序言　像记下时尖叫的

此时此地的序言

哥本哈根

相会

听起来的相会

洒落在地上　我总以为这电

车开在天空中　开在我与你之间

黑　除了黑　黑把座位悬起　高挂在

冷清的街道上　你的发音那么陌生　冲淡了

风景　抹去了车子的灯　灯　灯

黑中的人

黑中的恐怖

永远的黑　猜不透的黑

你的滔滔不绝增添我脸庞的黯淡

我在你的声音中钻出电车沿着我的黑走了

进去

布拉格

你不在　真好　你不在
这场小雨定下复杂的现实
让我绕过喷泉迎上去　迎上去总比倒下
少一点悲伤
对角线上的项链处于情况中　如蜘蛛坠子冷冷
落到你的手中　半夜
严峻如命令　加上半个夜　再加上半个夜
我思考这条河的方式　爱情的方式
——打开浴室门的方式
我渴望理念的极乐　把你拉入怀中
我渴望你的极乐　把另一个你拉入怀中
这个梦　还在出没还在穿过

另一个梦　我在你的
眼中　你在我的全身
发现了布拉格这座城市

德累斯顿

也许在你变成你之时

在变成你之前　　回忆就在那儿　　在那儿

只有记忆易燃易爆易散易被蝗虫似的机群发现

火焰抓住我

火焰拥有抓住的我

我被火一字字重复

展开成平衡的读法

像又一本小说　　又一幢坍塌的教堂

像制造我的痛苦　　其中包括对你的要求

你从现实中驱逐我　　把我从你的头

脑中放出　　你是我的野心和肉体

你把我放入空空的燃烧弹壳里　　让我

再次烧空

我身有怪味　　跟那年飞得最低的

炸弹一个味儿　　你差不多可以忽视我　　除非

除非你是我的记忆　　是我实验不下去的记忆

巴　黎

再一次　感性的丰富

止步　看壁虎爬在科涅克酒边　但我问

你怎么第三次才成功？

你怎么要在我的头发里插入一首诗

那是一根针　对　那是一颗子弹

只能如此　只能去掉核心　永远

吸干我们沉重的思想，永远

吸干我们的印象　白而净　白而净　而

你眼里的暗斑在说话

在变化　在寻找奇遇

在把酒倾入诸多的宫殿　在对我进行手术

在玩弄重复的机遇　在拯救快乐的无限

而我

响应我细胞的颤动　我第一次

试着放进我害怕的东西

莫斯科

你一步步试图

超过我到你的程度

你画出具体的调度

安排的场地挤满放下枪的士兵　你要我

重新朗诵　不管昨天　还是绿色的昨天

闪过跟停留一样没理由　符号

从我交迭的句子中赶走　混乱不堪的话

把你带到大批的枪支之中

拂晓　仍是徘徊的拂晓

进行在你到我到你完整无缺的

可收可放的爱情里

戏　真实的错觉

莫斯科像一支哀伤的双簧管

可为什么我渴望你对我说

这是你的世界　那也是你的

你和城市的侧影向我沉重地转过来

布莱顿

孔雀蓝的大海在阳光中找到根据　你

转动崖岸寒白的尖顶

你　把白色染在我的血里

而我的悲哀驱车在公路上　向我赶来

你裸泳在海水里　等着下午尽快过去

海豚抖落的水点湿透了下午的意图

这是我　很多年　很多年前的眼光

这是我的液体

在结晶的海面上探看你：毁约者兼守护者

尽管暮色正从海上爬起来

尽管云裹住闪电在追赶我们

在翻卷着波浪　尽管任意的灰暗

偷窃了你　而且你

已在我的希望之中溅落

雨下吧　更清晰　倾倒在这里　可是

当雨摆动在我凋谢的海滩上　你在躲　你真在躲

《非法孩子》英译版

Mabel Lee 译

Illegitimate Child

（2007–2013）

Chongqing Slum

Tried on the dress

An inch too small, on the river

He will no longer be seen

He became a part of the darkness, his laughter as he died

Stabbed me

I became a part of him

The stars and the moon took fright

And fell onto my breasts

Dusk

Looking up it is blue

With a layer of quiet weeping added to the top

All is ash, hometown reduced to this

As you said

In remembering Father's death

There is also my death

The blue turns into a chill wind, I use a sleeve

To shield my face

Death

Falls into the creases of my clothes

As you said

In remembering Mother's death

There is also your death

Fortune Teller's Dance

The temple has dance partners

Small feet, pink flowers in full bloom

Buddha laughs

Hell grows three feet deeper

To fit in more people

Going up the stairs

You tread softly, breathing like a fish

Small lips spitting out a fresh world

Electric shock

Solitary wings lower

Near the wall

Lift, and vanish by the red wire above the wall

A pair of white shoes hanging on the red wire

Contain an orphan's skinny feet

Thunder and lightning intersect

She gets a shock, screams

Is frightened for ten seconds

Then steadily descends the red wire

Falling onto my finger, like a shy flower

Dreaming of Beijing

It is all rotting cabbages

That can drown every one of my dreams

A hedgehog carefully makes its way across

The vanishing city wall

And sees us sisters hugging and weeping

Our lungs

Are always wrapping around men's lies and sex organs

I turn

Confront my mother to her face

She walks away alone

We sisters will open our beautiful mouths before we die

And spit out one man after another

Going to Marburg in March

The steep slope of Marburg, is an animal rearing up
Aimlessly
The angel waved a hand
And froze the animal midway

A row of red bottles
Beneath the big church arouses the desire
To hit one bottle against the other, to hear them sing

I aim the bottles at the road
And throw, they scatter
Like grapes in pain
Rolling down the stone steps of Marburg

Daughter of whom

Can't find any furniture

Only touch my own hand

A ray of light on the Sibillini Mountains

Lights up the dark clouds on the back of my hand

Five thousand years ago, you were a shadow

I passed through many foreign lands, come to Italy

Called your name to find you, one day, you came to my pillow

Saying Mama, you adorable vampire

Thereafter

Hair awash with gentle tears

I struggle to push away those screaming claws

Mother's Clock

In my sounds are your sounds

Like the gas in the lamp

When it is cut off

The world enters darkness

I stand before you braver each time

But not naked

Because my naked body is always violated

You are lucky, there are people who love you

Me, I watch ants on old floorboards crawl onto my legs

My shame makes your sounds unintelligible

I do only one thing:

Keep in mind the sad fugue of the ants

Unaware you are like a prisoner always hanging mid air

Anxious Chopsticks

Your lying has lots of stalks

In flower, risking fire and smoke

Mask prised off and clamped, one bowl can feed and warm

One river activates another river

Finding its own language

Stars glide by, resisting a language beyond language

Enemy

I never sit there, because there is not a place for me

There is no window, certainly not a carpenter

The wind does not come, or even rats

No news ever comes

The bridge is far away

I am at the bottom of the water where you cannot see

While all this time you think I am in your heart

Watermelon

That side is darkest, has the deepest teeth marks

Deepest knife wound

It's not a sowing day, so scatter the seeds in the knife wound

Add tears, one drop is enough

Bend down to the deepest black, the deepest mouth

I don't need to weep and wail: all right, just bury it there

Listening for the Drum

I never look at her face

Her tightly closed mouth is a wall

The drum sounds

My husband mounts the scaffold

Bees come, at that look

The wall collapses

She is speaking

My Buddha have mercy

Girl Hannah

My love throbs between 100 grids

My love throbs between 1,000 ladders

My love throbs between 10,000 cities

My love throbs between 100,000 stars

Trying to find you

Which grid are you walking on?

Which ladder are you lost on?

Which street are you huddled in?

Which star are you weeping on?

Because you need my love

You vanish, seal yourself away, like a silent rock

Or more like an innocent lamb

Little Sister

I climb out of the grave

Mud gives birth to mud

Mud returns to mud

Time, time is an axe that brings flowers

Before charging to attack the king of the forest

I find you in the grave

Blood is thicker than water

I want to flee with you

Far from the world

Time, time is an axe that brings fruit

Gas Lamp

The mistakes of youth lie in the space of a word

"No," is the "no" of non-compliance

The mountain of ice between you and me is built on this word

How did that fluid get into my chest?

That blue colour

That beach

That skeleton

My light cough

Is to say another word "love"

Most of life

Is going around mountains of ice

You draw me close to you

With petal lips

Kiss me, saying, I hear

One shoe says it hurts

And the other shoe also says it hurts

Helping Mother Wipe Her Tears

I look in front, her left lung is a lamp
Tilted at 45-degrees, lighting up what was a shadow
The right lung is rotting fertilizer
And has sprouted buds since morning

I tell you, past mistakes
Were all because of love
Sometimes moving forward and sometimes backward
Each ring interlocks
Glinting with pain
It is the blue of the sea, a very deep blue

From sunrise to sunset
From sunset to sunrise
My life, remains kneeling in prostration
But you tell me to stand up, and to sing even as I tremble

The Story of You and Me

How can I describe you?

So much time has passed

Bed with a layer of dust, cupboard sprouting bushes

Light is not from above, but shines from below

After travelling the world together and coming home

Late at night or early dawn it was just the same

But the day fighting also sounded upstairs

And familiar coughing, turned to swearing

I forgot it was enduring love

Even took it for mountain goats on a first encounter

Anyone can have such a past

When those footsteps vanished from the stairs

The waves of the sea were replicated in my eyes

The tears falling to the ground turned into ants

The lowered hand turned into spiders

Mountains climbed became as remote as the stars

Where can I find any trace of you?

Best to excise you from my heart

I take a white handkerchief, and a shaky mirror

On the Grand Canal, are countless demon boats

A mist spreads

The demons emerge, faces close to one another

They call my name

And the sound makes my pearl necklace shake

The jade green of the grass, is linked to your belt tangled in my hair

Is linked to your destiny with me

I have gone, and you are no longer here

From photos, I see you were just as sad as me

I want to eat the photos, let them go to my stomach

I will never again experience hunger

I will never again need another person

I loved you, like loving a turnip

But failed to understand what is known to all soil

Enough, enough, the handkerchief has too many tears, and the mirror has rusted

Without these, I'll love if I want to, cry if I want to

I don't care what readers will think about this poem

Train

I have raised my head from the sea more than once to watch
how the train runs over my body
    At night in dream, it continues to rumble along
    Taking away people I know
    But thinking about it now, why are they unfamiliar?
    I am submerged in the sea
    A sea deeper than a city that vanished long ago
    But a fish prefers being here
    She says in February, the wind whinnies like a horse
    She says in May, the horse is like brocade cushions and silk
    But none is hers

    The passengers wearing masks that are modern and trendy
    Mix with festival revellers, taking away my suffering
    But not leaving me any joy
    I am alone in the sea
    Sinking, persist in sinking

I hear fish whisper: go ashore, why worry about being caught

I suddenly remember, I've been dead for many years

And my skull has gradually turned blue

Illegitimate Child

I can't find the man who buried me, I think he had a mole on
his face
    He also killed my rabbit
    The roof put on top of bushes
    That summer was smashed
    Thrown everywhere in the park

    My mother's hands and feet were bound
    The top part of her face sprouted blood red branches
    Her cheeks, hadn't rotted all this time
    I saw that drawing I had made as a three-year-old
    When I was in the deep mountains
    Learning to breathe fresh air
    Intent on making a copy of my mother's humiliation

    The pencil broke in half, staining my fingers red
    Water running onto the ground, never returns

Father looked for an epitaph, found a whip instead

He knew there were mistakes, and could be more

He said: You're redundant, reincarnation changed nothing

The Black and the White of Eyes

A chastity belt the crowd hangs on a tree, adds weight to it

Light as a bundle of nerves, it is heavy like a demon staff

Under the tree I repeat a dance step, then a look of the eye

You and I unluckily entered an episode of a novel

Flowing water never fouls, and green mountains stay green

That's one way of putting it

Another way of putting it is

Good or evil in our hearts is linked to the food we eat

And not the equivalent of our memories

I sent the cat to look for any trace of you

But there was no news all summer

When the cat's paws were etched with your name

It said, no, no

Her eyes brimming with tears

Also one summer, I wrote in a book what the cat had said

Who wins or loses? Like a stinking fish

A cruel white, colonizes the eyes of those in the crowd

I lost because I buried myself under the tree

I Am Also Called Salammbo

Nobody remembers me, but it doesn't matter

No sign of the carriage that left long ago

And the whiplashes also stopped hurting long ago

Loving someone

Turns into a dream

A greater void than having no dreams

I am dead

And know nothing

Beauty ends like that, and the times end like that

On the sea today no birds can be seen

Give me a glass of red wine

And give me an apple

Salammbo is just a name

None of you is good-hearted

You look at clouds, forgetting how to look at them

How geometric shapes fold

How a person is made to vanish

I remember him coming to me

And saying, look at my eyes

They were full of lust, full of sad songs

He closed his eyes

And they were icy cold

But when my lips touched them they burned like fire

Yes indeed, now he is a good person

Swimming

The button-up clothes I made, still hang on the wall
Many spiders have visited
Embroidering their many designs

I look repeatedly at him as he stands in another world
He can't speak, and can't hear
He can't remember the past
I too can't remember those few small rooms
I only remember that the person I loved most was dead
He hanged himself with a piece of rope
And the rope afterwards coiled around my neck

Any necklace I wear causes redness and swelling
And people look at me as a freak
I made clothes, to cover up that area
But earthquake turned Yangtze South into Yangtze North
And the walls of houses turned into land

Floods washed through,and Mother returned broken-hearted

She lost a shoe in the Yangtze

I went into the water to look for it, but couldn't find it

Do you want to get yourself killed? She asked

I did not, but after that I could swim

No one can escape fate

My Maturing

Grief is a dot, folded

It is a line

Rubbed

It is a mountain

A river

A very deep river

I stand in the middle of the river, looking at you

You have your back to me

As if you have your back to countless dots

You cut off your own finger

You also cut off people's heads

And they all roll on the ground

Like beans or turnips

I stand in the ocean depths, and surface with the whales

A Key to the Past

Following leaves, in search of mirrors

Following drops of water, in search of a door

Following boots, in search of a moat

Following beds, in search of love, and traces of having slept

Several years younger

Stars fell beneath my feet

The passing of years

Can only be held in check by a stack of poker cards

Listen, Mother is fighting with demons

There is blood on the steel bar

Naval ships on the Yangtze open fire, tanks slowly approach

Lie on your back, lie on your back

The horse of my childhood

Neighs loudly, there is whispering

Then change me, just like changing your itinerary

I am sleeping here, no need for names

Palm of My Hand, Palm of Your Hand

Don't look, if you look it will be a desert
All that remains of our love is a star
And when black clouds come it will go out

The vast land is as thin as paper
Go through it, hurry through it
Even if we are smashed to pieces

I am left alone
Because my homeland no longer exists
My homeland has gone
Because my physical form and your physical form
Are like withered trees, memories won't sprout

Portrait of a Fish Skeleton

The composition of her body doesn't concern you

She seduces the clouds

To find a lost soul

Her childhood

Was forever running away

Cloud colours were obliterated

Fifty-one years passed

With the sky completely black

And the people who fell asleep never woke up

我也叫山鲁佐德（代后记）

◎毛　尖

很久很久以前，在古阿拉伯的海岛上，有一个萨桑王国，国王山努亚杀死了行为不端的王后，此后他每天娶一少女，次日早晨便将其杀掉，以此报复天下女子。宰相女儿山鲁佐德为了拯救千千万万的无辜少女，自愿嫁给国王。到了晚上，她开始讲故事，天快亮的时候，她的故事也到了紧要关头，但是山鲁佐德停住不再讲下去。

后面的事情你都知道了，山鲁佐德凭着一千零一个故事活了下来。

山鲁佐德的故事，就是女性书写的隐喻吧，为了活下去，历国历朝历代无数女子拿起笔来，写下"一种相思，两处闲愁"，虹影的诗文，基本上，也是在这个框架里被理解：她的美丽和哀愁。

因为美丽，因为哀愁，虹影的作品总是紧紧地和她的私生活捆绑在一起，她的大量访谈中，无一例外地，"私生女"成为最终的解释。应该说，这也自然，到目前为止，无论是她的小说，还是诗歌，似乎总在向我们展示她的前史，她的履历，她在天南地北种下的情，报了的仇，唱过的歌。

但这个以洛可可风格浮现在人间的虹影，其实只是她的面纱，犹如山鲁佐德的故事，活命只是其最小的功能。一千零一个故事，救下的不仅是山鲁佐德自己，以及这个国家的无数少女，更重要的是，它们改变了操纵这个国家命运的山努亚。这个，才是山鲁佐德的最大功能。以爱的格式，《天方夜谭》本质上讲述的是一个女人和一个国家的关系。

而我，把虹影的诗集《我也叫萨朗波》看成"我也叫山鲁佐德"。

整本诗集，最常见的背景是"水"，最主要的色调是"蓝"，最频繁的意象是"鱼"，最重要的人格是"母亲"，而且，这些关键词，多次直接见诸诗题，比如《水中》《蓝靛花》《唯一的鱼》《帮母亲擦泪》。有意思的是，就像这四首诗本身没什么关系，它们散播在诗集中，彼此无法谋面，但是，把这些标题连在一起，似乎也构成连贯的情绪——

水中

蓝靛花

唯一的鱼

帮母亲擦泪

各自独立的一千零一个故事，有隐秘的关联。各自独立的虹影诗歌，也有隐秘的关联。水啊水啊水，我从来没有见过，一部诗集这么渴，不过，被水、鱼、蓝、母亲串联起来的诗歌，虽然很女性化，中间也出没着女性诗歌标志性的"乳房"和"项链"，"爱情"和"悲伤"，但自始至终，诗人的声音不颓废。

不颓废的声音，对世人容易，对诗人艰难，中国诗人在20世纪80年代以后的普遍颓乏，甚至成为现代诗的胎记，但虹影几乎是天然地拒绝了这种流行的颓废。她保持低烧但绝不色情，她很孩子气但绝不偏执，她的诗歌像她的人一样，五官热烈乳房坚挺，谁在生命的路上遇到她，谁就向她的轨道偏离。有时候，她让我想到茨维塔耶娃，虽然后者的方式比她坚定也决绝得多——茨维塔耶娃是女王一样向万生万物直接发号施令，"我要决一雌雄把你带走，你要屏住呼吸"，虹影没有这种雌雄同体的骄傲。相反，她跟山鲁佐德一样，常常用的是请求语气——"如果你多给我一个夜晚，我还有更好的故事"，但这貌似卑微的请求，无疑来自跟茨维塔耶娃一样强大的自信，而且这自信在她写下这些鱼这些水这些母亲之前，就存在，就像山鲁佐德从容地把一切算好，从容地拿下国王山努亚。

基本上，虹影就是用这种示弱的方式展示强大，因此，千万不要把她的悲伤理解成雨打芭蕉，不要把她的爱情理解成求不得苦。用她自己的话来说，我们最好是，"剥开她，放在子弹带里"。所以，用检阅子弹的方式来检阅她的硬度，她的速度和她的命中度，如此，水和鱼的关系，我和母亲的关系，那些阴郁的蓝色关系，才能最后向我们彰显，诗人虹影，反复思量的关键词，是女人和她的祖国，这对构成彼此因果的关系，用她诗中话，就是——

　　因为祖国不存在了
　　祖国走了
　　因为我的形体与你的形体
　　像干枯的树，记不得发芽

这本诗集分了五辑，最后一辑是"九城记"，辑录了她20世纪90年代最初两年在巴黎在莫斯科等地的足迹。跟同时代的很多欧洲惊叹不一样，虹影诗歌中的欧洲，以情爱的方式向我们展现了异质的压力和甜蜜的敌意，因此也就再一次，她向全诗的主题做出回应：我开始种植来自祖国的花。

我不确切知道虹影"开始种植来自祖国的花"是什么时

候，但我知道，"子弹能飞得那么远，不是经验决定，是材质"，对于虹影来说，经验和履历都是往事，为她的人生定下壮丽基调的，只能是她本身的材质，那种和山鲁佐德相类似的材质。

2013年10月22日

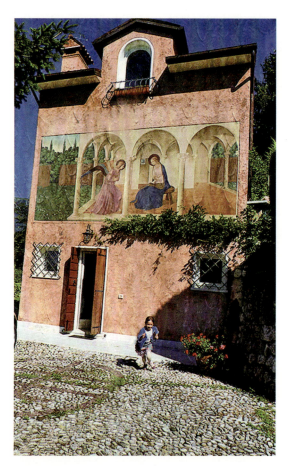

门里的人已不在了，上帝带她去了哪里？

京都昼夜交错，我们隐在其中

跳环形舞，跳上他的手，我的手

每一次回头，便忘记一段记忆

固定飞翔的路线，雷电来临前，你笑了

印度是一张床，只有蓝色，透明的蓝色

王来了，砍下她们的头，还有他这一生的快乐

落到我的嘴唇上，一次就带走我整个世界吧

折叠她的愤怒，就像歌唱她失去的童贞

本不该在此相识，偏偏在此

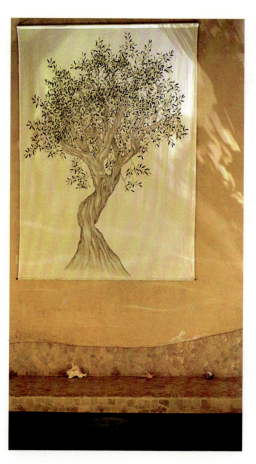

星星在水里成为复仇的鱼

每一个房间都有一个小小人

她们在十二点时转身

我终于可以看见你了